MIES TÄHDISTÄ

Tähtien mies

Novelli Petri Illman

"NE TULIVAT TALOOMME"

"NE" I

I

TIETEISTARINA

" "Tarinoita... yksityisetsivä Timotsonin seikkailuja, ufojen ja tieteisfiktioonien "maailmoissa" ...".

MYSTEERI

...NE...?!...

... .*JA NIIN...* ...KAIKKI ALKOI......

"Minä Timotson. Kerron teille elämästäni, joka tapahtui minulle, jonkin aikaa sitten.
-Muistan sen oikein hyvin vieläkin...:
Eräänä päivänä kun kaikki oli hyvin, jouduin kohtaamaan elämässäni jotain, jota saatoin vain arvailla ja ihmetellä tapahtuvan...
...*vieläkin...* minulle.

"--***...Hyytävän kriipivää...*** mutta luotan *itseeni;*
"lohdun tuojana´...ni".".".:

Seurasin asiapaperi - selosteita yhtenä päivänä, ja niistä tuli seuraavanlainen tarina, jonka kerron teille juuri nyt...:...

- I

I

P r o l o o g i

ALKU
A´

"Ne tulivat taloomme". --´...Sanat
soivat...vieläkin...´ kellarin holveissa.
30 vuotta sitten oli Ylikonstaapeli Ricksonia ja
pyydetty tutkimaan
tapausta. Mutta hänestä ei ole kuultu sen
koommin.
Mikä mysteeri liittyi sanoihin ja
ylikonstaapelin häviämiseen.
Tapaus askarruttaa vieläkin poliisin ja armeijan
yksikköjä.
Mitä tapahtui? Tiedot tapahtuneesta ~ oli ~
hävinnyt tietämättömiin.

Ajan saatossa on tapaus unohdettu pikkuhiljaa.
Viimein
Yhdysvaltain senaatissa oli määrätty asia
ratkaisemattomaksi.

Hiljaa. Huusin väsyneenä takoen seiniä. Taas
naapurit ilmentävät
olemassaoloaan.
Väsyneenä ja tylsintyneenä rojahdin sänkyyn.
Miettien miten auto
voikin hajota keskelle tietä. Vaikka olin juuri
korjauttanut
moottorin. Nukahdin heti.

Aamulla, herättyäni. Laitoin kahvin
automaattiin ja hain
aamulehden postiluukusta joka oli oveni
juuressa. Kävellessäni
ovelta, lehti kädessä, mielessäni askarrutti
tapaus jonka kuulin
ohimennen työtoveriltani.

" Oikea nivaska asiapaperi dokumentteja, rupesi tekemään viivaa, - veden pinnalle; mutta minkä veden...?! - ja kuka siitä enää voi vastata...mitään...?! --Kysymykset jäivät leijumaan; oikeallisuuden kanssa...?! --...Jossakin, johonkin... ja... ...jotakin, ...JA... ...MITÄ?!... " ~ ...jopa Timotsonille itselleen?! "":

II

1.

LUKU

Hörppäsin kaatamani kahvista ja totesin että 38 vuotta keittänyt
kahvia ja se on aina yhtä pahaa.
Asiakirja! Totesin mielessäni. Työtoveri *Ma*ketsonin antamat

asiakirjat ja lähdin hakemaan ne toisesta
huoneesta jonne ne
luultavasti jätin.
Kahvin kyllä jätin pöydälle.
Astellessani toiseen huoneeseen.
Nautin kaikessa rauhassa hiljaisuudesta jonka
naapurit minulle
soivat. Kiitos.
Siinähän se on keskellä työpöytää.
Olin todella kiitollinen itselleni hankkiessani
tämän mahonkisen
työpöydän. Se olikin ainoa kiitokseni koko
asuntoni sisustuksessa.
Sisustukseni onkin pitkä juttu enkä jaksa
miettiä moista.
Aika nivaska asiapapereita! Totesin avatessani
asiakirjan
sivuja ja selailin ja selailin .
Make´tson ei puhunut asiakirjojen sisällöstä,
paljon mitään ja
ymmärrän varsin hyvin miksei.
" Tämähän on hämmästyttävää. Jokaisella
sivulla puhutaan

kielletystä tabusta, Ufoista. ...Tuntemattomien käynnistä
mitä erillaisemmissa paikoissa: Toisten kodeissa, *ja ...hautuumaissa. ...*
" *Mitä ufot tekevät hautausmaissa? Tajutonta! Näitä mietteitäni ei lue papereissa, mutta rivien välistä näkee enemmän kuin tuhat sanaa.* ".

- PRING, PRING kellopeli soii.

Yht´äkkiä hiljaisuus rikkoutuu, ja huomioni mielenkiinto *siirretään*
toisaalle: Puhelin.
Ärsyyntyneenä yritin rauhoittua ja vastasin puhelimeen:
- Haloo! Timotsonilla.
- Maketsoni täällä. Huomenta!
- Huomenta, huomenta. Miten menee.
- Hyvin.
- Minulla olisi hieman asiaa.
- Onko. Kerro pois.
- Muistatko sen aineiston, asiakirjat jotka toimitin sinulle.

- Muistan. Itse asiassa olen juuri lukemassa
niitä.
- Olisiko sinulla mahdollista palauttaa ne.
- Palauttaa, ajattelin mielessäni. Palauttaa.
Kysyin: Saisinko
 kysyä miksi?
- En tiedä.
- Et tiedä.
- Niin. Pomoni haluaa materiaalin takaisin.
Syytä ei sanonut.
 Mutta, hän sai korkeammalta taholta käskyn.
Ettei aineistoa saa
 antaa kenellekkään ilman virallista selvitystä.
- Toisaalta, kyllä ymmärrän. Ajattelin
mielessäni. Miten Sinä
 Maketsoni sait aineiston?
- Vahingossa. Se on pitkä juttu. Kerron jos
haluat.
- Uskon sinua. Ei tarvitse kertoa. Tehdään näin:
että toimitan
 tämän sinulle työpaikassa.
- Okei.
 Ja sulki puhelun.

2.

LUKU

Täytyisi kai samantien käydä viemässä aineisto
työpaikalleni joka
on Poliisilaitoksen kadun toisella puolella.
Yksityistoimistoni Palveluni on erikoislaatuaan
joka palvelee
erityistapauksissa joissa poliisikunnat eivät
riitä.
Miten jouduin Yksityispoliisiksi? Kenties se oli
monen sattuman
summa. Koulutus-järjestelmän edetessä.
Toimintani sitoutumattomuus
takaa monia etuja. Verrattuna tavallisen poliisin
toimintaan.

Kaavakkeiden täyttämisestä puhumattakaan.
Toimintaani on verrattu
yksityisetsivän toimintaan. Mutta yksityisetsivä
tarvitsee luvan.
Minä en. Toimintaani kuuluu kuitenkin
poliisilaitoksen piiriin.

Vaikka yhtäläisyyttä on vain poliisin valtuudet.

Lähtiessäni autolle. Muistin sen olevan rikki.
Ihme, että autoni
kuitenkin jaksoi koti-ovelleni.
Nousin yleiseen kulkuneuvoon. Ja päästyäni
perille. Kävin
toimistossani. Lukemassa postini. Vain laskuja.
On näköjään hiljaista aikaa, asiakkaista.
Pohtisin.
Lähdin toimistostani. Kadun toiselle puolelle,
poliisilaitokseen.
Siellä työtoverini on. Keittämässä kahvia.
- Terve. Sanoin.
- Terve.
- Tässä on materiaalisi.
- Kiitos. Pomoni odottaakin jo näitä. Käyn
viemässä nämä hänelle.
  Odosta tässä.
  Maketsoni oli jo lähdössä pomonsa luokse.
Kun sanoin hänelle.
- Odosta. Tulen mukaan.
- Jaa. Oletko kiinnostunut tästä jutusta.

- Olen. Pyydän häneltä luvan, saadakseni materiaalin haltuuni.
Jatkoimme matkaa toimistoon päin kun mieleeni juolahti toimiston
muunväen puheet pomon tempperamentista. Vaikka mies oli kooltaan
pieni. Pienten viiksien. Pienten silmien ja iältään jo 50:ntä
ylittävänä, ei energisyyttä näytä laimentavan. Ja onhan hänellä
iso poliisilaitoskin hoidettavana. Toisinkuin Maketsoni joka
on täydellinen vastakohta, tasapainoisuudessaan. Kuin pomonsa.
- Huomenta. Pojat.

- Huomenta. Yli-komissaario Teleman. Tunsin Yli-komissaarion
  aikaisempien tutkimusten yhteydessä. Ja tiesin hänen vakava
  sävytteisyytensä, tutkimusten hoidossa.
  Maketsoni ojensi samalla materiaalin Pomolleen Telemannille.
- Kiitos. Maketsoni.

- Olisi asiaa, ylikomissaario.
- No, sano, mikä mieltä painaa. Timotsoni.
- Kiinnostaisi saada aineisto, tapauksesta jota pidätte
  kädessänne. Herra.
- Ai, tämä aineisto. Se ei käy päinsä.
- Eikö? Ihmettelin.
- Tämä on luokiteltu salaiseksi. Ja pyydänkin Maketsonia
  kirjoittamaan selvityksen, miten olitte saanut tämän haltuun.
- Kyllä, Herra Yli-komissaario.
- Ja mitä tulee tämän luovuttamiseksi. Toivon että *Te*, Timotson,
  ette puhu tästä asiasta kenellekkään. Tuliko selväksi.!
- Kyllä, Mutta....
- Ei mitään muttaa. Hyvää päivän jatkoa, pojat.

3.

LUKU

Poistuimme Maketsonin kanssa toimistosta.
Mielessäni askarruttaa Telemannin
suhtautuminen. Ja miksi
materiaali on näin hangkalaa saada luettavaksi?
Olin varautunut
tähän yllätykseen ja siksi otin kopiot
työmatkallani
materiaalista. --"Omin-luvin-tietenkin.".
- Maketsoni.
- Niin, Timotsoni.
- Lähden hoitamaan asioitani.
- Okei. Tavataan taas.

Kello näyttää 13.00:sta. Olen samassa
tyhjänpäällä kuin aamulla,
lukiessani materiaalia ensimmäisen kerran.
Parempi painua. heti-miten kotiin, johon ne
materiaalit jätin.
Näyttää siltä että joudun laittamaan itseni
likoon ja johon

ei ole valtuuksia. Mutta ei voi mitään...
---"Ken leikkiin ryhtyy, se...".

Päästyäni kotiovelleni ja avattuani oveni.
Järkytyin.
Minun huoneeni oli sekoitettu tai sanoisinko
pyörremyrskyn
jäljiltä.
Kuka täällä on käynyt ja mitä he ovat etsineet?.
Jopa kahvinkeitin on rikottu, lattialle.
Parempi soittaa poliisilaitokselle.

- Haloo. Onko Poliisilaitoksella.
- Kyllä. Konstaapeli Niina Launonen. Päivää.

- Päivää. Pyytäisittekö Konstaapeli Maketsonia tai Yli-komissaario
  Telemannia puhelimeen.
- Anteeksi, mutta... täällä ei ole *tänään* töissä mainitsemianne
  hengkilöitä. *"- ...Tai edes **ollutkaan** palkkalistoillamme? -Sanoi neiti*
       ***pohtien** vaisusti... - Oudoksun kysymystänne herra...?...:".*
- Mitä.*(?!)*
- Voinko auttaa?
- Voitte. Asuntooni on murtauduttu ja pyytäisin jonkun tulemaan
  katsomaan.
- Lähetän Konstaapelit Mäkisen ja Viinasen.
- Kiitos.

4.

LUKU

Jäin odottamaan poliisien tuloa, asuntooni.
Arvioin heidän tulevan viidentoista minuutin sisällä ja

olin oikeassa.

- Päivää, Konstaapelit.
Kuten näette; huoneisto on hieman huonossa
kunnossa.
- Niin näyttää olevan. Herra Timotson.
Tässä on konstaapeli Mäkinen ja minä olen
Viinanen.
Haluaisimme tehdä teille muutaman
kysymyksen. Jos sopii.
- Sopiihan se. Mitä haluatte tietää.
- Onko täältä mielestänne viety mitään.
- Ei ole, tietääkseni.
- Miksi joku haluaisi tehdä murron ja hajoittaa
koko paikan,
viemättä mitään.
- Sitä itsekkin ihmettelen. Konstaapeli.

- Onko *Teillä* arvelusta kuka tämän voisi tehdä.
Timotson.
- Ei ole. Minulla ei tietääkseni ole
vihamiehiäkään.
- Hmm. Vai niin.
Teemme tutkimuksen ja poistumme paikalta.
Ilmoitamme jos
jotain ilmaantuu.
- Kiitoksia. Konstaapelit.

- Ei mitään kiittämistä, Timotson. Teemme vain
työmme.
Teidän olisi syytä olla varuillaan, Timotson.
Jos teillä on
tälläisiä ystäviä.
- Olette oikeassa. Konstaapeli.
Jätän teidät työnkentelemään rauhassa ja
lähden itse tästä.
- Minne olette menossa. Jos saan kysyä.
- Käyn ilmoittamassa ex-vaimolleni mitä on
tapahtunut.
- Ex-vaimollenne. Eikö olisi hieman tahditonta.
Hän voisi
huolestua.

- Olette kyllä oikeassa. Mutta, tämä asunto kuuluu ex-vaimoni
  ystävättärelle. Ja uskoisin kyllä vaimoni kestävän mitä
  on tapahtunut. Olen nimittäin itsekkin poliisi.
- Jaa. No, siinä tapauksessa.
- Hyvää matkaa, Timotson.
- Kiitos.
  Toivottavasti löydätte jotain.
- Toivotaan.
Olin juuri lähdössä, kun muistin asiakirjat, joita olin menossa
noutamaan.

- Konstaapeli!? -Käyn vielä noutamassa asiapapereita.
- Siitä-vain!
- Näitäkö tarkoitatte?!
- Kyllä! Kiitos, Konstaapeli Mäkinen.

- Mitä, papereita ne on. Timotson.
- Salaisiksi luokiteltuja. Konstaapeli Viinanen.
- Sopiiko että vilkaisen niitä.
- Ei se käy päinsä.
- Eikö.
- Ei. Voitte anoa näiden lukemista. Jos tahdotte.
- No. Ei kai se ole tärkeää, vai mitä arvelet.
Timotson.
- Ei ole.
  Näkemiin vielä kerran.
- Näkemiin.

5.

LUKU

Poistuin rakennuksesta. Lähdin astelemaan
Kafe Kafeen jossa saisin
rauhassa lukea juttua. Ja juomaan kunnon
kahvia.
Kävellessäni kahvilaa kohti. Näin ex-vaimoni
tulemaan vastaan.
Poliisillekkin sanoin pienen hätävalheen jotta
pääsisin omiin

oloihin.
Mutta siinä missä paha mainitaan.
- No. Mitäs vaimo. Kaunistut aina vaan. Kulta.
- Älä yritä. Timotson.
- Mistä - moinen, herpaantuminen.
- Suhteenne on rikkoutunut. Enkä halua tavata sinua. Hei!
- mihin kiire. Yritin pysyä ex-vaimoni perässä. Et voi olla
  noin vihainen, minulle.
- Enkö, katoppa vain.
- Rauhoitu! Minä tarjoan sinulle kahvit.
- Ei kiitos.
- Miksei.

- No. Hyvä on.
- Mennään tuonne Kafe Kafeen. Sitä moni suosittelee. Olin juuri
  itse menossa sinne.
- Kyllä minä tiedän, mikä on hyvä kahvila, ja mikä ei.
- Hyvä on, hyvä on. Älä suutu.
- En minä suutu. Sanoin vain mielipiteeni.
- Toivotonta.
- Mitä sanoit.
- En mitään. Ollaan jo perillä. Astu sisään.
- Kiitos.
  Astelimme kahvilaan. Joka on oikein viihtyisä. Punaiset tuolit ja
  lamput. Muuten hyvin tavallinen kahvila. Vaaleine sävyineen.
  Istuuduimme ikkunan ääreen. Kuten Vaimoni aina halusi. Vaimoni
  katseli ikkunoista, ihmisten vilinää. Niinkuin tavallisesti.
  Rakastan vaimoani suunnattomasti. Ja hän tietää sen. Uskon
  vaimonikin rakastavan minua.

Mutta se, ainainen kinasteleminen, on niin
rasittavaa. Nimittäin
vaimoni sen aina aloittaa. Minä olen viaton.
- Timotson. Ex-vaimoni sanoi, Timotson.
Herätys.
- Niin. Minä.... Minä, *minä* vain ajauduin
mietteisiini.
- Siltä näyttää.
- Tilataan jotain.
- Mitä haluat?
- Kahvin ja viinerin.
- Otan samanlaiset.
Näin tarjoilijan kävelevän luoksemme.

Tavallisessa kahvila asussa. Pitsi
kauluksisessa ja muuten ihoa
myötäilevässä mustassa asussa. Essu edessä.
Kaunis tyttö. Ajattelin, katsoessani kun hän
otti vastaan,
ex-vaimoni tilauksen. Ex-vaimoni huomasi
katseeni ja sanoi:

Ex-mieheni ottaa samanlaisen.
- Kiitos. Muuta?
- Ei muuta. Kiitos.
Tarjoilijatar poistui, takapuoli keinuen.
- Onko mukavat näkymät. Timotson.
- Ö´höm. En katsonut tyttöä.
- Etkö.
- En.
- Uskon sinua.
- Miten sinä olet kaupungilla? Kristiina.
- Ostoksilla. Miten sinä?
Tarjoilijatar toi kesken keskustelun
tilauksemme ja otimme
ne vastaan.
Takapuoli keinuu taas. Ajattelin. Katsomatta
tytön poistumista.
- Mihin me jäätiin? Niin. Tulin tänne lukemaan
asiakirjaa jonka
sain entiseltä työpaikkani työtoverilta,
Maketsonilta.
- Mitä se asiakirja, pitää sisällään.
- Sehän tässä kummallisinta on. Kerroin
vaimolleni koko tarinan.
Myös pomon ja Maketsonin katoamisen.

- Se´hän on uskomatonta! Kerron
ystävättärelleni asunnon huonosta kunnosta.
- Sen voit tehdä. Mutta; et saa kertoa tästä
mitään kenellekkään.
- Ymmärrän. Mutta, täytyyhän sinun jollekkin
kertoa moisesta.
  Varsinkin ex-vaimollesi. Voit luottaa minun
apuuni jos
  jotain sattuu.
- Olet ehkä oikeassa neiti Kristiina hyvä ja
kiitos avustasi.

- Kiitos kahvista. Minun täytyy jatkaa ostoksia.
Ja tapaan
  ystävättäreni kohta.
- Hyvää jatkoa, kulta.
- Hyvää jatkoa, Timotson.

6.

LUKU

Jäin vihdoinkin yksin, aineiston kanssa. Ja mitäköhän täältä löytyy?!
Viime vilkaisussa en ehtinyt juurikaan vilkaisemaan sisältöön.
Sisältää lausuntoja, - todistaja dokumentteja, ja lehtileikkeitä.
Valokuviakin... Yhdessä näissä valokuvissa on jokin... Näyttää taivaankappaleelta, tähdeltä mielestäni.
Liitteessä lukee kuitenkin; todistajan lausunnossa:
Silminnäkijän ottama todiste; nähdystä avaruusaluksesta. Asiakirjassa on useita vastaavanlaisia todisteita.
Kaikki ihmiset jotka on olleet todistajina, ovat kadonneet tietämättömiin. Miksi?

Ja miksi, huoneistoni rikottiin? Ja miksei tätä aineistoa,
murtovaras vienyt mukaan?
Ketkä olivat ne: Pomo ja Maketson.
Aavistukseni heräsivät. Ja vastauksien saamiseksi. Heräsi
ajatuksia: Halusiko murtovaras että lukisin aineiston, ja miksi?
Humanoidit ovat saattaneet, vallata pomon ja Maketsonin
olemukset. Miksi?
Kun saan vastauksen, herää toinen kysymys, asian tiimoilta.
Tarvitsen vastauksen, kaikkiin kysymyksiin.

7.

LUKU

Poistuin kahvilasta. Ajattelin lähteä tapaamaan ystävääni joka
asui kaupungin laidalla. Pahus, että auto on epäkunnossa. Mikään
ei toimi kun sitä tarvitsisi. Manasin ajatuksissani ja ajattelin
käydä ensin soittamassa jos hän olisi kotona. Puhelintolppa on
kadun toisella puolella. Astelin tavallisiin liikenne merkkeihin
jotka olivat juuri vaihtumassa. Vaivautunein askelin ylitin tien
ja saavuin muutaman metrin päässä olevaan puhelintolppaan.
Avasin oven ja käänsin numeron. Hyvä ystäväni vastasi puhelimeen.
Pienen odottelun jälkeen:
- Haloo. Pekkanen.
- Timotson täällä. Terve.
- Terve. Miten menee, vanha kongkari.

- Huonosti. Olen pulassa. Tarvitsen sinun apuasi.
- Pulassa. Kerroppa.
- Kertoisin mielummin jos tavattaisiin jossain.
- Sopiihan se. Missä.
- Tulen sinne.
- Tehdään niin.

Lopetimme keskustelun ja lähdin ystäväni luokse linjaautolla,
joka on kaupungin laidalla.

Tunsin ystäväni monen vuosien takaa ja turvauduimme toistemme
apuun, aina kuin oli tarvis´. Tiesin hänen auttavan nytkin.
Olimme hyvin samanlaisia taktikoidessamme työmme.
Ulkonaisesti olemme erillaisia. Kummallakin on ominaispiirteensä
ulkonäössä. Hänellä on kylmää harkintaa toimissaan. Itse luotan
vaistooni. Vaatteissa emme kumpikaan paljoa pinggota. Tilanteen

mukaan. Itselläni on juuri kaupungkiin
soveltuva pikkutakki,

housuineen ja siihen soveltuvat kengät. Merkki
tuotteita
kuten muodista tietoinen sanoisi. Hän suosii
asuinpaikkaansa
soveltuvaa verkkareita ja lengkkitossuja. Näin
kesä aikaan
Hän ei pidä paitaa päällään. Aseen hän pitää
aina mukana. Syystä
joka juontuu hänen kokemuksiinsa
asunnollaan, johon hyökättiin
muutama vuosi sitten. Tuntemattomien
hengkilöiden tunkeuduttua
hänen ja perheensä kimppuun. Hän on vieläkin
murheissaan
menetettyä vaimonsa ja kaksi lastaan. Hän on
tutkinut
tapausta itse, mutta ei ole päässyt tuloksiin.
Hän uskoo
että perheensä on jossain elossa. Siihen en ole
voinut sanoa

mitään. Poliisi työnsä hän on aina hoitanut kiitettävästi.

Nousin linjaautosta, uuvuttavan matkan jälkeen joka kesti

puolitoista tuntia. Kävelymatkaa maantietä pitkin on

noin kymmenen minuuttia. Lähdin kävelemään maantie - seutua joka

oli tuttu, jo monen käynnin kokemuksella. Kymmenen minuutin

kulttua näin ystäväni talon. Ulkona hän ei näytä olevan. Ajattelin,

katsoessani hienoa omakoti - taloa jonka ystäväni omisti. Aswaltti

kopisi astellessani portin luokse. Muutamalla harppauksella

pääsin oven luokse ja soitin ovikelloa. Muutaman sekunnin kulttua

ovi aukesi ja ystäväni ojensi kättelevän kätensä ja pyysi

astumaan sisälle. Päästyämme sisälle hän ehdotti kahvin juontia ja

suostuin ehdotukseen.

Hän lähti keittämään kahvia ja osoitti
mielellään kädellä että
istuutuisin.
- Oliko pitkä matka.
- On. *Oli*. Uuvuttava. Enkä ole saanut päivän
kahvi kiintiötä
   puoleentoista tuntiin.
- Kohta on valmista.
   Pekkanen asteli pöydän ääreen jossa jo istuin.
- Sinulla oli jotain ongelmia.
- Juu. Ajattelin että kaksin olisi tehokkaampaa.
Perheesi
   häviäminen saattaisi olla yhteydessä saamiini
tietoihin
   ja kahden henkilön katoamiseen.

Ystäväni hieman arasteli kun mainitsi hänen perheensä.
Nimittäin Teleman ja Maketson eivät kuulemma olleet töissä
tänään. Niihin aikoihin jolloin kävin heiä tapaamassa.
Kömpelöintä oli se että miksi mainitsemani hengkilöt voineet olla
silti töissä, vaikka kävin heitä tapaamassa. Tämä on niille
olennoille kömpelöä järjestelyä kun ajatellaan että moni voi
ihmetellä miksei Maketson ja Teleman olleet töissä.
Menee hieman monimutkaiseksi, mutta kerron sinulle koko jutun ja
näytän asiakirjat.
Kenties se oli tarkoituksen mukaista että koko piiri tietää.
Mutta mitä järkeä siinä on? Vai onko koko piiri siinä mukana.
Kerrottuani hänelle koko jutun.
- Eihän tässä koko jutussa ole mitään järkeä.
Miksi joku tekisi

murron kämppääsi?
- Arvasin että kiinnostuisit. En tiedä. Mutta, katsotaan miten
juttu etenee.

- Ex-vaimosi? Oletteko jo eronneet. Oletteko jo allekirjoittaneet
paperit.
- Emme. Allekirjoitus puuttuu vielä. En kysynyt vaimoltani
onko hän jo allekirjoittanut paperit. En uskaltanut. Sillä
rakastan vaimoani ja haluan hänet takaisin. Voi olla että
käyttäydyin hieman lapsellisesti. Mutta se tapaaminen ei ollut
kovin sujuvaa.
- Mitä jos hän on jo allekirjoittanut.
- Ei saa olla.
- Soita hänelle. onhan tapaamisestanne jo kulunut parituntia.
- Olet ehkä oikeassa.
- Tiedät missä on puhelin. Olin menossa puhelimeen kun:

Samassa ulkoovi lensi taivaan tuuliin. *-Tuuli puhurusi kauttaaltaan, jokapuolelle... ...valtoimenaan: Pahin ilman´paine, kulkeutui lävitseni: ...Kadoten ympärille... ...kuin tietämättä; mikä se on...* Sisään astui hahmo. - *-"Suun pieli, valui nesteestä´än. Kuin tietämättään, mikä viileä, kosketti leukaa. - Pisara, hetken valon, pilkkeen, loisteessa. Tuike odottamassa hetkeä, jonka ... ...loi kauneus. Saattelemaan valitusta, kuin hakien, jonkin, tarkoituksen...".:".*

"Dab´in kauniit, luonnottoman pitkät kädet, juortuu pitkin pituuttaan. Alaspäin, kuin odottaen jotain, ...mikä kulkee jossain.| --Jotain valuvaa kulkee, käsien lomitse, kuin nestettä, limaista. Älähtäen: Sss... - *...Ajatteli Timotson.".*

-"Viitta heilui valtoimenaan... ...kuin viikatteen heiluma. Laskostui maata kohden, hienon sävyn saattelemana. Tuulispäänä, jäämään kuin puhuri,

selkämän paikalleen 'sa.". -Ylemmäs kuin
pohkeen, reunamalla ...voisi olla...

Tuntematon ase kädessä. Valmiina
laukaisemaan.
Heittäydyimme ajattelematta vaistomaisesti
sivuun. Kumpikin eri
ilmansuuntiin. Viimeinen näköhavaintoni oli
aseen piippu.
Tartuin tilanteeseen kun huomasin ystäväni,
tarttuvan aseeseensa ja
laukaisi. Klik. Tyhjä, ystäväni kirosi aseensa.
Tartuin samalla
omaani. Yritin ampua. Myöhästyin. Pieni,
kiinteä, teräksinen
valosäde osui ystävääni. Säteen voimasta
ystäväni lensi talon
seinään. PEKKANEN! Huusin epätoivoisesti
rääkymällä. Näin; ystäväni
putoavan talon seinästä, putoen elottomasti
lattialle. Tunsin
kylmiä väreitä, kaikki hidastui silmissä ja
ystäväni näytti
laskeutuvan hitaasti lattialle, rojahtaen!

Hetken hiljaisuus näytti vallitsevan ympärilläni. Kunnes tajusin olennon joka oli juuri tähtäämässä minua. Ajattelematta hetkeäkään,

tähtäsin aseella olentoa; *"kuin meinaten ottaa aseen: Pekkaselta, parhaalta ystävältäni...".* Toivoen ettei aseeni likkaisi: Vaistonvaraisesti tähtäsin olentoon ja ammuin: Näin luodin lentävän kuin hitaasti kohti olentoa, osuen keskelle rintaan. Luodin voimasta olento lensi ovensu´usta pitkän matkan maahan. Liikkumattomaksi. *"Käännyin katsomaan ystävääni joka makasi liikkumatta lattialla. Hetken katsoin ystävääni joka monen vuoden oli auttanut minua niin hyvässä kuin pahassa. Makasi nyt elottomana silmieni edessä. Typertyneenä jäin katsomaan ystävääni.".* Kun yhtääkkiä näin hänen liikahtavan:

- Osuitko siihen...?!
Katsoin hämmästyneenä kun hän puhui
minulle!:
- Olet elossa!? Miten se on mahdollista?!
- Mitenkö mahdollista?!
Hän ihmetteli tramaattista suhtautumistani!?
- "Et sinä minusta näin helpolla pääse."!... -
Näköjään olennon ase oli
tarkoitettu lamaannuttamaan vastustaja.
- Huokasin helpotuksesta. Osuin häneen ja
siellä ulkona hän on
  pitkin pituuttaan!

8.

LUKU

- Näytät olevan kunnossa, niin soitan poliisien
UFO-tutkimus
  osastolle, joka on Yhdysvaltojen senaatin
alainen. Vaikka
  aineisto, on USA:aan Tiedustelupalvelun
yhteenveto. On aineisto
  kuitenkin maailmanlaajuinen. Eikö totta.

- Kyllä. Minunkin mielestäni. Siinä puitteissa
tämä asia kuuluisi
  kyllä yhdys´valloille, mutta pidetään tämä
kuitenkin Suomen
  rajojen sisällä, ainakin vielä.
- Sopii.

Tuli mieleen, että en voi soittaa
Poliisilaitokselle; kuten jo
  sanoin: Minusta tuntuu että koko piiri, on
tässä mukana.
- Olen samaa mieltä. Mitä tehdään?

- Minulla olisi ehdotus.

- Kerro.
- Sinullahan on-se kylmäkellari.
- Niin on. Mitä sitten? *Aa´a`h!* Ajattelet; että
raijataan
  olento kylmäkellariin.
- Juuri-niin.
- Tehdään niin.
Lähdimme heti viemään olentoa kellariin.
Kunnes tietäisimme

mitä sillä tehtäisiin. Laitoin myös humanoidin aseen,
hänen viereensä.
Varauduimme vastaavanlaisiin hyökkäyksiin, humanoidien taholta.
Mielessäni vaivasi miksi huoneistooni murtauduttiin. Koska
en tiennyt mitä se voisi ratkaista tässä jutussa. Jos mitään.
Poistuimme kellarista, samaa tietä josta tulimmekin. Kellari
oli hyvin synkän näköinen. Toisinkuin yläkerta, jossa juuri
äsken odottelimme kahvin valmistumista.
"Kesäisen auringon paisteen tullessa keittiöpöydän pinnalle.
Valaisten koko huoneen valollaan.".
Jatkoimme huolestunutta
kävelyä kohti yläkertaa. Ystäväni ensin, koska hän tunsi paikat. Heikon
valon saartamana. Miettiessäni kellarin ympäristöä. Olin
hämilläni synkkyydestä, joka jotenkin ympäröi kellarin

seinistä ja --- pakasteovista. Ympäristö oli
hyvin kiehtova. Vaikka
hämähäkinseitit puuttuivat. Niin hyvin kun ne
olisivat sopineet.
Humanoidin vitivalkoinen, ohut, ihoa
myötäilevä asu, oli
suorastaan upea; vitivalkoisessa hohdossa.
Syytä hohtoon voin vain
arvata. Jatkoimme puoliksi - palaneiden
kattolamppujen saattamana.

Portaita pitkin, loivasti ylöspäin, yläkertaan.
Kellarin ollessa
samassa talossa. Pääsimme nopeasti pois
takaisin.
- Maketsoni: Katson, näkyykö ketään, odota
siinä. Ei näy. Tule.
Vilkaisimme ympärille. Ketään ei näkynyt ja
ystäväni kävi vielä
ikkunan luona, vilkaisemassa ulos, näkyykö
niitä vielä jossain.
Onneksi ei näkynyt.
Menimme istumaan takaisin keittiön pöydälle.
- Kahvikin on valmista.

Joimme kahvin kaikessa rauhassa. Antamatta välikohtauksen häiritä
nautintoa.
Pekkasen ajatukset palasivat vuosien takaiseen tapahtumaan,
jossa hänen perheeseensä hyökättiin.
- Haluan kertoa sinulle mitä tapahtui, kun perheeni vietiin.
  Taloomme oli hyökätty edellistenkin; tässä talossa
  asuvien kimppuun.
- Sitä en tiennyt.
- Niin. En ole halunnut puhua koko asioista, kun en saanut
  tekijöitä kiinni.
  Joka tapauksessa. Edellisen perheen katoamisesta on-jo
  30:ntä vuotta, ja asuntoni oli vapaana useita vuosia. Kukaan
  ei uskaltanut ennen meitä muuttaa tähän taloon. Kaikenlaisia
  huhuja kylässä kiersi. Kellarissa, on vieläkin, luultavasti
  lapsen raapustama teksti; ne tulivat taloomme.

Kaikki tapahtui tasan kolme vuotta sitten, kesällä:

Olimme vaimoni ja lasteni kanssa, ulkona pelaamassa, ...palloa.

Kun huomaamattamme oli Tähtiristeilijä laskeutunut, tuonne

lähimetsään. Siitä oli poistunut kolme tavallisen ihmisen

kokoista olentoa ja niillä oli samanlainen hehku ympärillään.

kuin sillä, jonka veimme kellariin. Ne lähestyivät meitä. Vaimoni

ja lapseni järkyttyivät näkemästään. En tiennyt mitä tekisin,

kunnes tartuin aseeseeni, ampuakseni. Samassa olento ampui minua,

samanlaisella aseella, kuin se näkemäsi. -
Jähmetyin, en voinut
tehdä mitään, en edes liikkua. Ainoastaan
katsoa, kun **ne** riistivät
äidin ja lapsen erilleen, toisistaan ja veivät
heidät risteilijäänsä.
Se oli viimeinen kerta, kuin näin perheeni.
Pekkanen purskahti itkuun...
- Jäin katsomaan hänen itkuaan.
Huomaamattamme laskeutui avaruusalus
metsän reunaan, josta
poistui <samanlainen humanoidi ja lähestyi
meitä ilman
aseita.
- En tiennyt miten voisin auttaa ystävääni.
otatko kahvia.
- En. En minä mitään kahvia tarvitse, minä
haluan perheeni.
- Ymmärrän sen, mutta et voi jäädä siihen;
surkuttelemaan kuin
  pikku poika.

- Mitä tässä voi tehdä. Ei mitään. Ei niihin
helvetin

olentoihin saa mitään kosketusta. Ne tulevat ja menevät
kuin verottaja. Eikä niille voi mitään.
Sen sanottua('*nsa,* olimme hiljaa, sanomatta
sanaakaan.
Aika kului.
Vanha kello tikitti, kaikessa...ajattomuudessa.
Ajatukseni pyörivät menneissä tapahtumissa,
löytääkseni
jonkin ratkaisun. *"-Kuin kellon viisarit; jotka
lakkaamatta pyöri
ympyrää'nsä... -Vinhaa vauhtia, kadoten
hetkittäin jonnekkin;
hämärään, ...hämyiseen... ...menneisyyteen..."*.
-
--Pilkistäen... pikku'hiljaa raolleen,
päivänvaloo'n.--Avaten silmät,
näkemään kaiken... ...auki...:
Huomaamattamme olento asteli kohti ovea.
Oveen koputettiin?

- Odotatko jotakuta.
- En.

- Kummallista
Lähdin ikkunaan katsomaan, kuka siellä ovella
on.
En nähnyt ketään. Oveen koputettiin uudestaan.
Tilanne oli ärsyttävä.
En nähnyt ketään ja kuitenkin oveen
koputettiin.
- Kuka siellä on? -...*Seurasi Pekkanen*
tilannetta ...taaempana...?!
- Ei näy ketään. -*Sanoi Timotson, oven*
su'ulla...
- Pakkohan siellä on joku olla. Vastahan oveen
koputettiin. " --*Kaikui*
pekkasen *ääni jossain... "*.
- Avaa oven...
- Ole varovainen.
Rohkaisin mieleni ja avasin oven, varovasti.
Näin, kun siinä seisoi humanoidi. -*Yli kaksi*
metriä korkealla, leveähköllä
olemuksellaan.
Vitivalkoisella hohdollaan.
Tartuin nopeasti aseeseeni, kunnes humanoidi
sanoi ystävällisellä
äänellä.

- Anna aseesi olla. --*Sanoi olento, -*
persoonansa ilmentymänä´.
Mitä. -Ihmettelin ehdotusta. -
Kaivaessani asetta, muutin mieleni ja jätin
aseen koteloon.
Kysyin siltä, aivan kuin se olisi kuka tahansa:
- Mitä haluat?
- Pyydättekö minut ensin sisälle. Hohteeni
voisi kiinnittää
  jonkun huomion.
- Tulkaa sisälle. Pekkanen! älä saa sätkyä. --
...Huusin räväkästi...
- Kuinka niin.
Astuin sivuun, jotta **pekkanen** näkisi sisään -
tulijan. *-Liikahteli Timotson.*
- Anna aseesi olla. *-Sanoi Pekkanen...*
...Timotsonille.
Pekkanen näki sisään - tulijan ja jäi katsomaan
ällistyneellä
ilmeellään, sisään - tulijaa.
  Illan hämärryttyä ja pekkasen rauhoituttua
näkemästään.
Istuuduimme, kaikki kolme, keittiön pöydälle: -
-Minä Timotson, Pekkanen ja

humanoidi.

Kunnes olento sanoi:
- Tulin auttamaan teitä. ----*...Sanoi ihminen...*
...avaruudesta.
Mieleeni tuli useita kysymyksiä, joita olisin halunnut
humanoidille sanoa.
- Tiedän mitä on ja oli tapahtunut.- - Jos te haluatte auttaa
meitä.

- ´Oletteko te, jotain *yliluonnollisia... --*
Huomautteli Timotson.
- Niinkin voidaan sanoa ...Timotson?! ---
Vastasi... ...neiti...avaruudesta?!

- Miksi me teitä autettaisiin. - *Kosiskeli*
Timotson.|-"Sanoivat kuin Timotson
ja Pekkanen yhdestä suusta.".
Tehän tässä meidän kimppuumme käytte. -
Pekkanen sanoi.
- Me emme olleet käyneet teidän kimppuunne.
Meitä humanoidejakin,

kuten nimitystä käytätte, on kahdenlaisia.
Nimeni on Dab ja olen maa-käsityksen
mukaan nainen.
Siltä näyttää. Ajattelin mielessäni.
- Onhan sukupuolesi hieman yllättävä, kun
ajatellaan että
tälläinen juttu sopisi ehkä paremmin
miespuolisille.
- Ei-kai sukupuolisuus ole esteenä.
- Ei. En tarkoittanut sitä, enkä loukata.
Kauneutesi on sitä paitsi
on ilo silmillemme.
- Kiitos, mutta jätetään tämä sukupuolisuus
niille, joille
se on kiista.
- Hyvä on. ...Ajatella... ...puhun humanoidin
kanssa, sukupuolisuudesta...
- Maistuisiko kahvi.
- Kiitos. Olen kuullut siitä, mutta en ole saanut
tilaisuutta
maistaa.
- Käyn noutamassa kahvia.
Pekkasen mennessä noutamaan kahvia,
samassa huoneessa. Jäin

kahdestaan Dab´in kanssa.

- Kuka on se, joka on kellarissa.
- Nimi on Deta. Hän kuuluu galaksien väliseen järjestöön, jonka
  on tarkoitus tuhota, galaksien välisen yhteisen liiton.
- Galaksi.(?) Minulle herää kysymys: Miten me voitaisiin vaikuttaa,
  niinkin suuren asian parissa, kuin galaksi.
- Tulen kohta siihen ja kysymykseesi.
  Kuten huomaatte, vaatteemme loistaa. Puvun tarkoitus on
  suojata maan orgaani rakenteilta. liian suuri orgaani
  määrä, tuhoaa meidät. Sen takia tarvitsemme teidän apua.
  Maan bakteeri -- biologia, on hyvin monimutkaista, meidän
  biologialle. Olemme geenisesti erillaisia, kuin te. Maan ilmasto,
  tuottaa itsessään ristiriitoja, meidän kehossamme. Ja täten

ilmasto tuhoaa meidät. Ja pukumme tuhoaa
ilmaston rakenteita.
Emme ole varautunut teidän bakteeri --
biologiallenne. Puvun loisto,
syntyy kemiallisista reaktioista. Kuten teillä,
yksi hyönteislaji
käyttäytyy vähän samallalailla.
Tarvitsisin teidän apuanne, galaksien välisen
laitteen
siirtämisessä.
- Siirtämisessä.
- Kyllä. Laite on biolooginen organismi, joka
tutkii galaksien
välistä tasapainon säätelyä. -

"Maan teknologia on mekaanista.
Toisinkuin meillä.
Biolooginen koneisto siis tutkii ja raportoi
tuloksia.". Se
tekee paljon muutakin, mutta en vaivaa teitä
yksityiskohdilta.
Siirtäminen käsittää, yksinkertaisesti, uuden
osan vaihtamisen.

- Eikö olisi parempi, laittaa, tehtävään joku,
joka olisi korkeammin
  koulutettu.
- Parempi kyllä, mutta ei välttämätön. Periaate
operaatiossa, on
  yksinkertainen ja uskon teidän selviytyvän
siitä.

- Aika´moinen luottamus, sanoisin. Olemme
imarreltu, mutta
  mitä me tästä hyödymme.
- Mitä haluatte.
- Oikeastaan en tarvitse mitään.
- Pekkanen lähestyi kahvi -- tarjoilun kera.
- Kuulitko keskustelumme. *Sanoi Timotson.*
- Kuulin. *Vastasi Pekkanen.*
- Mitä vastaat. -
- Saman kuin sinä. Toiveeni olisi kuitenkin
mahdoton....
Pekkanen syventyi mietteisiinsä.
- Ei ole. *Sanoi Dab.*
Pekkanen katsoi Dab´ia pitkään.
- Se on-jo järjestetty.
- Kerro! Missä perheeni on?

- Toivoisimme että toteuttaisitte tehtävän ensin.
- Hyvä on.
Pekkanen sopeutui pyyntöön.
- Haluaisin kysyä: Kuka murtautui asuntooni?
Sanoi Timotson.
- Deta. Hän on järjestönsä käskyläinen.

Sopiiko että siirrymme alukseeni.
Hetken epäröityämme, lähdimme Dab´in
ohjaamaa tietä, alukselle.

- Deta ja hänen avustajansa tiesivät että
otamme yhteyttä
  teihin, ja oletettavasti he halusivat tutkia,
onko teillä,
  jotain, tietoa hallussa.
  Tietysti teillä Timotson on aineistoa Ufoista,
niinkuin
  hallussanne oleva aineisto, mutta sellaisella ei
ole mitään
  merkitystä, todellisuuden kanssa. Vain
muutama valokuva,
  dokumentti... mahdollisten todistajien
lausunnoilla!

Hyökkäys teidän kummankin kotiin, vain
osoitti halua,
päästä... teistä eroon. He arvelivat, ehkä että
teistä tulisi,

mahdollisesti, myöhemmässä vaiheessa,
hangkaluuksia, joten.
Deta yritti miten-sen-*nyt*-sanoisi: "Raivata
teidät pois tieltä.".

- Miltä kahvi maistui.
- Teillä on hyvin primitiivisiä
makutottumuksia. Pidin kahvista.
- Odotas kun pääset kokeilemaan alkohoolia.
- Alkohoolia. Mitä se on?
- Eräänlainen väkevän makuinen juoma, mutta
siinä on sivuvaikutus.
- Odotan innolla sen maistamista, mutta nyt
tehtäväänne.
Olimme, muutaman metrin päässä, aluksesta.
Johon meidän oli
tarkoitus mennä. Ja Dab´in kuljettaa meidät.
Heidän Liittonsa

esikunnan eteen. Saamiseksi Liiton jäseniltä, muodollinen
hyväksyntä.
Astuimme sisään ja hämmennyin aluksen hienoutta ja
käytännöllisyyttä. Aluksen koko, näyttää olevan keskikokoa.
Soveltuen tähtien -- väliseen risteilyyn. Ilman aseistusta.
Kyllästyin jatkuviin hämmennyksiin. Mutta elämykset ovat
hyvin voimakkaita. Tämäkin alus, on *hyvin* todennäköisesti
maksanut **maltaita!** - Jopa eri osat, näyttävät, olevan
jalometalleistakin. Oikeastaan tämä olisi nähtävä. Kiiltäviä
esineitä. En pistä painoa esineisiin, mutta tämä on jo jotain.
Eri kirkkailla väreillään. Jatkoimme matkaa ohjaamoon, joka
oli hyvin tilava. Ohjaamossa on kuljettajia, mitä **erillaisemmilla**

laitteiden hoitajia. Jatkoimme kävelyä ja katsoin mitä
kaikkea, aluksen ympäristö ilmensi. Vihdoin pääsimme pääohjaamoon,
jossa ilmensi, eniten suuri kuvaruutu. Jonka tarkoitus on olla
ikkuna.

Dab pyysi meitä istuuntumaan. Suurten nopeuksien vuoksi,
jouduimme sitomaan turvavyön, jonka toiminta periaate, on
samanlainen kuin autossa. Muitta-mutkitta lähdimme.

Päästyämme perille, tasaisen ajon myötä, ilman minkäänlaisia
ongelmia. Saavuimme taas, uuteen, elämyksen aiheuttamaan paikkaan.
Liiton avaruus tuki kohtaan. " *Kylmän avaruuden läsnäolo,*
sai, hyvin turvattoman olon. ". - Jonka näimme, ison huoneen, ison
ikkunan kautta: Huoneessa käytettiin harkiten valoja, vain
kohdistettuna, stratekisesti sopiviin paikkoihin. Kuten
isoon loivaan pöytään ja istumapaikkoihin. Jossa istui seitsemän
hengkilöä, kukin omilla paikoillaan. Ja valokiiloja Liiton
tunnusta kohdin. Olimme sanattomia. ´Nyt ei puutu, kuin puheen
aiheuttama, kaiku. Dab, oli tuonnut meidät heti, heidän päätöstään
kuulemaan. Ja oli tiedottanut Liiton jäsenille, jo etukäteen,
tulostamme.

Dab poistui seurastamme. -
"...kuin siirtyen sivummalle, tilaisuuden
osoituksena,- kuuluvan vain
muiden osallistumaan, siihen...".

"- Hyvät herrat: Ilmoitan teidät
tervetulleeksi läsnäoloomme.
Olette saaneet meiltä tehtävän, johon olette
vastanneet,
myöntävästi. Olemme kiitollisia
antamastanne tuesta ja uskomme
teidän siitä suoriutuvan. Kuten puheeni jo
ilmensi, olemme
yksimielisesti päättäneet, suostuvamme
apuun.
Toivomme ettei teille ole, muodostunut
vaikeuksia. Päästä kuulemaan
päätöstämme. Muodollisen päätöksen
tekeminen, kuitenkin
on. Tälläisen tason, alaisena, välttämätön.".

Dab ohjaa teitä tästä eteenpäin. Hyvää jatkoa.
Valko-hohto-asuisten ja tunnuksilla
varustettujen Liiton

jäsenten, paikka valot sammuivat. Jatkoimme
Dab´in ohjaamina ulos
hallista ja siirryimme ilmavedyllä liikkuvaan
autoon. Joka
ajoi meidät valkoisten seinien saartamana,
omiin huoneisiimme.

Jossa pukeuduimme valkoisiin työasuihin,
joiden tarkoitus
oli suojella meitä. Vastaavasti avaruuden
viruksilta, tulevassa
työpaikassamme.
Dab pyysi meitä lepäämään hetken,
tehtäväämme varten.
Ja sanoi että Liitto on noutamassa Detan,
Pekkasen kylmiöstä, ja
hautaavan hänet, muodollisin menoin.
- Miksette käytä robotteja. Ei ole soveltuvaa
robottia.
- ´Tiedän, että ole varautunut siihenkään.
- Otatte aika luottamusriskin, käyttäessänne
meidän apuamme.
- Kyllä.

Tehtävänne onnistuminen on tärkeää myös sodankäynnin
kannalta. Puolustusmekanismimme on tällä hetkellä ainoastaan:
Sotalaivaston ja käsiaseiden varassa. Galaksien välinen,
yhteys on sammunut. Ja se on tärkein.
Levätkää nyt. Teidät tullaan hakemaa´n.
Jäin yksin, kuten Pekkanenkin omassa huoneessaan.
Katselin oikein viihtyisää huonetta. Huomasin miten lepohuoneessa
on huomioitu, *psykoloogisesti* nukkuvaisuuteen, vaikuttavalla, värien käytöllä ja huonekalujen muotoiluun. Nukahdin heti.
Muutaman tunnin kulttua, minua tultiin noutamaan. Samanlaiset
kaavut, kuin Liiton Jäsenillä, mutta väriltään punaiset.
Pyysivät meitä nousemaan, myös Pekkanen. Saimme myös varsinaisen
työasun, joka oli valkoinen ihoamyötäilevä. Päätä myöten, vain

silmiä suojasi, muoviselta näyttävä pleksi.
Pukeuduttuamme:
Siirryimme huoneesta käytävään, josta
jatkoimme matkaa, autolla.
Saavuimme toiseen isoon huoneeseen, jossa
myös Dab odotti.
- Oletteko valmiita.
- Olemme. Sanoin myös Pekkasen puolesta.
Huoneessa näytti olevan iso suppilo. Jonka
korkeus, *siilossa,* meni lattiasta
katon yli. Suppilo on keskellä huonetta, ja sen
ympärillä pyöreesti
koneistoa. Joiden tarkoitus näytti, olevan
valvonta laitteita.

Rakennelma oli kahdella tasolla, joissa alempaa uskoisin meidän
menevän. Suppilo oli suojattu pleksin sisään, ja suppilon sisällä:
On kirkas ja teräksinen valo säde.
- Tulkaa tänne .
  Menette tuohon levyyn, joka hisseyttää teidät, alempaan
  kerrokseen.
Hissi oli pleksin sisällä. Menimme hissiin, joka laski meidät
alaspäin.
Katselin suppiloa, joka näytti, jonkinlaiselta dynaamolta,
voimanlähteeltä.
Alhaalla, meitä odotti kaksi olentoa, samanlaisilla asuilla, kuin
meillä. He todennäköisesti kertovat, mitä meidän pitäisi tehdä.
Laskeuduttuamme ja poistu´tuamme hissilevyltä.
- Teidät on valittu, siirtämään, uusi osa paikalleen. Vanha
on kulunut käytöstä.

Olento painoi napista, joka siirsi dynamon keskustalta, suojan.
Suuri valo häikäistyi silmiimme, mutta silmien suoja -- bleksi toimi
Aurinkolaseina. Siirryin lähemmäksi, nähdäkseni mitä,
dynamokeskusta piti sisällään.
"Timotson ei tiedä, eikä toisaalta'kaan. Ole kiinnostunut,
missä on...tai mitä on. Kuin vain uteliaisuus voi viedä...jonnekkin.".
Näin vain, yksinkertaisen kolmion.
Kämmenen kokoisena. ´ Kyllä näin yksinkertaisen, siirtotehtävän,
pystyisi hoitamaan robottikin. --Mutta ehkä, kolmion mekanismi
on monimutkaisempi, kuin miltä se näyttää.
Varauduin vaikeimpaan,
mutta tämä on jo lapsellisen... yksinkertainen.
Olento rupesi painamaan, kojelaudoista nappuloita. Jotka
hetken kulttua, laittoi, robotin käden liikkumaan. - Kohti toista

pienempää suppiloa. -Avaten oven, jossa suuri,
valo, häikäisi
toistamiseen. Robotin käsi, ojentui, kohti toista
kolmiota, ja
tarttui siihen. Ja siirsi sen minua kohti,
...robotin kädellä´än´sä.| Katselin hyvin
tiiviisti, mitä tapahtuu.

- Ottakaa kumpikin ote kolmion kulmista, sillä
se on hyvin painava.
Teimme työtä käskettyä. Samalla toinen robotti
käsi poisti vanhan
kolmion paikaltaan ja laittoi sen toiseen
suppiloon, josta juuri
poistimme uuden suppilon ja ovi suljettiin.
Tehtävän ollessa
puolessa välissä. Siirsimme varovaisesti uuden
kolmion paikalleen.
- Valmista.
Olento painoi nappuloita, joilla sulki dynamon
oven.
Suoriuduttuamme tehtävästä, meidät ohjattiin
takaisin hissilevylle,

joka lähetettiin ylöspäin. Matkalla ylöspäin,
huomasin dynamon
valon olevan kirkkaampi. Päästyämme hissillä
perille, näin
Dab´in hymyilevän tyytyväisenä.
- Oletko tyytyväinen tulokseen.
- Olen. Teidät ohjataan takaisin huoneeseenne,
jossa voitte riisua
työasut pois, *päältä.*
Meidät ohjattiin huoneeseen ja riisuimme
työvaatteet pois, *päältä.*
Dab´in tullessa huoneeseeni.
- Lähetämme teidät takaisin Pekkasen
asuntoon.
Koko operaatio kesti vain 50:ntä minuuttia,
jonka jälkeen meidät
siirrettiin takaisin metsän laidalle, josta
lähdimme tehtävää
hoitamaan.
Dab´in aluksen ovi sulkeutui, hitaasti
takanamme,
"dynamon" valon säestyksellä. Näimme
Dab´in vilkuttavan meille, kiitoksena

tehtävän onnistumisesta ja me vilkutimme
hänelle.

III

M o n o l o o g i

- En sanonut sinulle, mutta sammutin valot
asunnostani
  lähtiessämme. Nyt siellä on valot.
- Kummallista.

Lähestyimme Pekkasen taloa, varautuen
pahimpaan ja
siksi tartuimme aseemme.
Ovi aukesi ja sieltä lähestyi yksi isokokoinen ja
kaksi
pienikokoista hahmoa, meitä kohti.
Pekkane´n huusi kovalla äänellä:
- Rakas perheeni.
Pekkanen laittoi aseen koteloonsa ja lähti
juoksemaan perhettään
kohti, iloisena. Ja hänen perheensä lähti
juoksemaan häntä kohti.

Kaikki riemuitsivat jälleen näkemisestä.
Myös minä olin onnellinen Pekkasen puolesta.
Hetkeä myöhemmin näin neljännen hahmon
tulevan talosta.
Pysähtyen oven eteen. Kävelin lähemmäs,
nähdäkseni kuka se
on.
- Vaimoni!
Melkein purskahdin itkuun, lähtiessämme
kumpikin juoksemaan
toisiamme kohti.
Tunsin syyllisyyttä syyttäessäni vaimoani
kaikesta. Huomasin
itsessäni puutteita, joita en ollut myöntänyt,
suhteen
parantamiseksi. Vaan kylvin riidan siemeniä.

"Tähtienmies" Timotson matkaa yliajan- ja avaruuden maailmankaikkeudessa. Aika kaudesta toiseen kertomalla seikkailuistaansa itse, avaruuden herruudesta myös Dab´ia vastaan.